AF345150

CATALOGUE
D'ESTAMPES
ANCIENNES & EAUX-FORTES
PORTRAITS
Écoles Modernes
LITHOGRAPHIES, PHOTOGRAPHIES
VIGNETTES, ILLUSTRATIONS
ÉCOLE DU XVIIIe SIÈCLE
Très-belles Épreuves & avant la lettre;
PIÈCES HISTORIQUES, ETC.
DESSINS ANCIENS

DONT LA VENTE AURA LIEU

HOTEL DES COMMISSAIRES-PRISEURS
Rue Drouot, no 5
SALLE No 7, AU PREMIER ÉTAGE

Les Jeudi 28 & Vendredi 29 Mai 1868, à une heure précise.

Me DELBERGUE-CORMONT, Commissaire-Priseur,
rue de Provence, 8,

Assisté de **M. VIGNÈRES,** marchand d'Estampes,
rue de la Monnaie, 13, à l'entresol, entrée rue Baillet, 1,

CHEZ LEQUEL SE DISTRIBUE LE CATALOGUE

PARIS — MAI 1868

ORDRE DES VACATIONS

PREMIÈRE VACATION — *Jeudi 28 Mai.*

Ecoles anciennes...................... 1 à 70
Portraits............................. 71 à 129
Ecoles modernes...................... 130 à 210
Illustrations........................ 211 à 243

DEUXIÈME VACATION — *Vendredi 29 Mai.*

École du **XVIIIᵉ** siecle............ 244 à 349
Dessins............................... 350 à 486

Les attributions de l'Amateur ont été conservees.

CONDITIONS DE LA VENTE

Elle sera faite au comptant.

Les Acquéreurs paieront CINQ POUR CENT en sus des enchères applicables aux frais.

M. VIGNÈRES, dirigeant la vente, se charge des Commissions.

NOTA. Toute commission sans prix fixé ou sans limite déterminée sera regardée comme nulle.

M. VIGNÈRES se charge de faire marquer les prix aux Catalogues des ventes qu'il a faites. Les personnes qui le désirent peuvent s'adresser à lui *franco*.

Plusieurs Amateurs éloignés en ont reconnu l'utilité pour les guider dans leurs achats sur les valeurs des Estampes.

Les Catalogues des Ventes à faire sont envoyés aux personnes qui en feront la demande *affranchie*.

AVIS. — Nous prions MM. les Amateurs éloignés de ne pas attendre au dernier jour, pour que les lettres arrivent le matin de la vente; ils comprendront que quelques lettres peuvent se lire, mais de 20 à 50 lettres, c'est difficile.

ESTAMPES

ANCIENNES & EAUX-FORTES

1 **Albert** (Chérubin). Les Saisons, angles de voûte. 4 p.

2 **Architecture**. Hôtel de Toulouse, de Rohan, Amelot, et autres par Hérisset, Le Pautre, Marot. 45 p.

3 **Amman** (Josse). Adam et Ève, Arbres généalogiques, Jugement dernier, Vertus cardinales, Assemblées, Conseils du Pape, de l'Empereur, Seigneurs, Costumes de l'armée. etc., 11 p., à l'eau-forte. Superbes ép.

4 **Aveline**. Vue de Notre-Dame. Belle ép., marge.

5 **Baur** (William). Métamorphoses d'Ovide, 102 p., à l'eau-forte.

6 **Berge** (P.-V. de). Les quatre Parties du jour de Hollande, 4 p. Très-belles ép.

7 **Boissieu**. Paysages, Passage du gué, la Fête, les Enfants faisant des bulles de savon. 6 p.

8 **Corrège** (D'ap.). Le saint Jérôme; Mariage de sainte Catherine; Saintes Familles; Léda, composition entière par Desrochers. Danaé et autres. 12 p.

9 **Durer** (A.). Melanchton, Albert de Mayence, et 3 pièces de la petite Passion en bois. 5 p.

10 **Dusart** (C.). La Kermesse ou fête flamande. (B. 16). Belle.

11 **Fac-simile** de dessins. Amours de Mars et Vénus, compositions différentes et autres. 7 p.

12 **Falck**. La Vieille Coquette à sa toilette.

13 **Guerchin** (d'ap.). Fac-simile et compositions gravées par Pasqualini et autres. 16 p.

14 **Hollar**. Livre curieux contenant la naifue representation des habits de femmes, etc., 1661, titre et costumes. 22 p. en feuilles.

15 **Hooge** (R. de). Le parc d'Anguien. 5 p. Très-belles.

16 **Huchtenburgh**. Batailles dédiés au duc d'Enghien et de Chevreuse, d'ap. Vander Meulen. 2 p.

17 **Jordaens** (d'ap.). Mercure et Argus. — Philemon et Baucis. 2 p.

18 **Jouvenet** (d'ap.). Descente de croix, par Loir.

19 **Lasne** (Michel). La Visitation. Très-belle.

20 **Leclerc** (Séb.). Les grandes conquêtes de Louis XIV. 13. p., in-fol. Très-belles ép.

21 **Lesueur** (d'ap.). Maladie d'Alexandre, par B. Audran.

22 **Leu** (Thomas de) et autres, métamorphoses d'Ovide. 67 p. Album prêt à relier.

23 **Luyken**. Massacre de la saint Barthelemy. — Siège de Stettin. 2 p. Rares.

24 — Sujets de la Bible, Tour de Babel et autres, 1re édition, 7 p. grand in-fol.

25 — Histoire de la Réforme en France, la saint Barthelemy grande p. en 2 feuilles, l'Edit de Nantes, assassinat d'Henri IV, Massacre à Tours. Lyon, Nîmes et autres. 16 p. Complet ; c'est le chef d'œuvre du maître.

26 **Luyken**. Le duc d'Anjou à Anvers, 1583. —
Bataille, 1585. — Chasse aux Phoques, Breda,
Nieuport, etc. 6 p. Sup. ép.

27 **Mantègne**. Bacchanale à la cuve (B. 19). —
(d'après). Triomphe. 5 feuilles par Gandensis.

28 **Marot**. Besançon et Dole sortie de la garnison,
par Colin. 3 p. Superbes.

29 **Mignardi** (d'ap.). Les éléments, sujets allégo-
riques avec femmes. 4 p.

30 **Nilson**. La situation de la Pologne, 1773.

31 **Norblin**. Son portrait et sujets à l'eau-forte.

32 **Parmesan** (d'ap.). L'amour taillant son arc,
grande manière noire et autre. 2 p.

33 **Paysages**, d'ap. le Guaspre et autres, 14 p.

34 **Picart** (B.). Petits Costumes de Paris et de Hollande, toute marge complet. 18 p.

35 **Pitteri**. Les Sept Sacrements, d'ap. Longhi.
7 p.

36 **Raphaël** (d'ap.). Massacre des Innocents, en
bois, apôtres, Attila, Héliodore. 6 p.

37 — Massacre des Innocents, Sainte Famille et
autres. 6 p.

38 **Rembrandt**. Son portrait (B. 26). Belle ép.

39 — Mort de la Vierge (99).

40 — Gueux et gueuse (164). Belle ép.

41 — Gueux assis au bas d'un mur (173). Belle ép.

42 — La barque à la voile (228). Superbe ép. du
cabinet Camberlyn.

43 — (D'ap.). Jeune garçon dit le prince d'Orange,
Vieillard attrabilaire par Demarcenay, Bustes
d'Hommes par Schmidt, Descente de Croix pho-
tog.. 5 p.

44 Ridinger. Chevaux et scènes de chasses, 14 p.

45 — Chiens, Chevaux, Cerfs, Lions, Ours, Tigres
et autres animaux. 136 p. in-4. Pourra être divisé.

46 — Lions, Cerfs, Ours, Chamois, Sangliers, etc..
avec les pas en bas, 8 p. et 3 feuilles de texte
in-fol.

47 Romain (d'ap. Jules). Le Génie de Bacchus.
— Le Génie de Pan, Amours dans des chars
traînés par des Chèvres et des Tigres. par Prof ;
fond noir, 2 p.

48 Rubens (d'ap.). Jugement de Salomon, Ado-
ration des Mages, Vénus, etc. 7 p.

49 Sarte (d'ap. André del). Scènes de la Vie de la
Vierge, Vie de saint Jean-Baptiste, Vierge adorée par des saints, etc. 22 p.

50 Stradan (d'ap.). Chevaux d'ap. nature, gravés
par Collaert, Galle, Wierix, 36 p.

51 Testa (Pietre). Grande composition à l'eau-
forte. 5 p.

52 Études. Ornements, Paysages, Sanguine, etc.
42 p.

53 — Sujets divers, Vignettes, Vues, etc., etc. 70 p.

54 École anglaise. Les Cyclopes ; Élie et le Fils
de la veuve, par Earlom ; Femme de Rembrandt.
3 p. Manière noire.

55 — Otello, Grecs fugitifs, et autres compositions
des meilleurs artistes. 10 p. in-fol.

56 École Flamande. Vénus et l'Amour, de Da-
len ; Vierges et autres, d'ap. Van Dyck. 7 p.

57 — D'ap. Téniers, Goltzius, Wouvermans et
autres. 20 p.

58 — La Fête, par Bargas; le Paradis Terrestre, de Ridinger; la Boudinière. 7 p.

59 **Ecole italienne**. Naissance d'Adonis; Achille traînant le corps d'Hector, de Testa, etc. 6 p.

60 — Sujets Religieux, compositions d'ap. les maîtres. Eaux-fortes de Carrache, Castiglione, etc.: Vierges. 37 p.

61 **Diverses Ecoles**. Paysages, Chasses de Rubens, Etudes d'Animaux, etc. 45 p.

62 **Divers**. Martyre d'un saint, d'ap. Poussin; Lions de Ridinger, Laitière de Sadeler, **Portrait de Feuillet par Edelinck**. 4 p.

63 — Antiquités de Ninive et autres, Médailles, etc., eaux-fortes de graveurs. 25 p.

64 — Lampes antiques avec figures, ornements. 50 p.

65 — Album de Paysages, par de Pas; les Mois de Merian, Van de Velde, etc. 41 p.

66 — Vues du Château et du Jardin épiscopal à Eutien et la Ville. 15 p., vol. in-fol. veau.

67 — Traité d'architecture de Paulin. — Anatomie d'après Vesale.

68 — Voyage à l'île de France, au cap de Bonne-Espérance et à l'île de Ténériffe, Atlas. 45 p. carton. Voyage en Abyssinie. 32 pl. Atlas, cahier.

69 — Elementi di perspettiva del Padre Jacquier. en italien, nombre de figures. Rome, 1755, in-4.

70 — Recueil de Meubles et de Décorations intérieures, 65 pl. lithog. par Benard. Paris, Bance 1842, cahier.

PORTRAITS

71 **Avril**. Catherine de Russie sur un char, grande
allégorie ; Alexandre Ier. 2 p. avant la lettre,
toute marge. Sup. ép.

72 **Bartolozzi**. Frédéric II, à mi-corps, in-fol.
en bistre. Sup. ép.

73 **Bervic**. Louis XVI en manteau royal, d'ap.
Callet. Belle et ancienne ép. avant la planche
coupée, ép. non déchirée en deux.

74 **Blanchard**. Joséphine en pied, d'ap. Prud'-
hon. Sup. ép. avant la lettre, chine.

75 **Claessens**. Députés de la Révolution. 19 p.
dont 4 avant la lettre.

76 **Clément**, d'ap. Boilly, 1800. Réunion d'Artistes, Acteurs, Architectes, Littérateurs, Musi-
ciens, Peintres et Sculpteurs. 29 têtes réunies,
avec la pl. explicative. 2 p. in-fol.

77 **Cochin** (d'ap.). Pérignon, Trévilliers, Treyer.
3 p. par Miger et Cathelin. Sup. ép. marge.

78 **Darcis**. Franklin. — Rousseau. 2 médaillons, in-fol. Très-belles ép.

79 **Dickenson**. Bonaparte, 1er Consul, en pied,
d'ap. Gros. Belle ép. in-fol., avant la lettre.

80 **Drevet**. Adrienne le Couvreur, d'ap. Coypel.
Belle ép.

81 **Eisen** (d'après Ch.). Louis XV. — Marie Lec-
zinska. 2 petits portraits avec figures allégori-
riques, in 4., toute marge, et allégories, mé-
daille. 4 p.

82 **Fessart**. Dorat : Médaillon soutenu par une Muse, entourée d'Amours, richement entourée d'attributs, in-4. Sup. ép.

83 **Ficquet**. Regnard, in-8, d'ap. Rigaud.

84 **Falck**. Léonard Tortenson, in-fol. Belle.

85 **Fiesinger**. Députés de 1789. 6 p. en bistre. Superbes et 1res ép.

86 **Flipart**. Comtes de Hollande. 5 p.

87 — Comtes et Comtesses de Hollande. 52 p. in-4, marge.

88 **Godefroy**, 1810. Marie-Louise, en pied, dessinée à Saint-Cloud. Ep. avant la lettre, in-fol.

89 **Hodges**. Buonaparte. — Pichegru. 2 portraits in-fol., avant la lettre.

90 **Hopwood**. Molière dans un entourage de Chenavard, gr. in-8. Magnifique ép. chine, **grand papier**.

91 **Larmessin**. Mlle de Lavallière. — La même en religieuse. — Marquise de Montespan. 3 pièces in-4.

92 — Anne d'Autriche, Claire-Clémence de Maillé, Anne Martinozzi et autres Princesses, Princes et autres célébrités. 50 p.

93 **Le Bas**. Madame Favart, rôle de *Ninette*, in-8.

94 **Lemire**. Clairon couronnée par Melpomène. Très-belle ép., d'ap. Gravelot.

95 **Lépicié**. Molière, in-4, d'ap. Coypel.

96 **Lignon**. Talma, d'ap. Picot.

97 **Maurin.** Mirabeau à la Tribune. — Bonaparte à Arcole. 2 p. in-fol.

98 **Menut** (Adolphe). E. de Beaumont-Vassy. 5 ép. sur chine.

99 **Muller** (F.). Calvin, sur chine. — Luther, sur blanc. 2 p. Superbes ép.

100 **Pannier**, d'ap. Edelinck. Racine, in-8. Magnifique ép. sur chine, grand papier.

101 **Picart** (B.). Boileau, son portrait sur le Parnasse.— Les Parties du monde. 2 p. très-belles.

102 **Ponce**. Descartes, Turenne, Prise du Sénégal. 3 p.

103 **Prieur**. La Reine (Marie-Antoinette) à la Conciergerie, in-4, d'ap. le tableau du cabinet de l'abbé Caron.

104 **Rivera**. La Flora di Tiziano, portait gracieux. Sup. ép.

105 **Schmidt**. Mignard, peintre, in-fol. Belle ép.

106 **Surugue**. Madame de Mouchy en habit de bal, d'ap. Coypel. Sup. ép. avant toute lettre, grande marge; charmant et gracieux portrait.

107 **Trouvain**. Mlles Loison. — Duchesse de Montfort, 2 différents. — Princesse de Rohan assise sur un canapé. — Femme de qualité. 6 p. très-curieuses; les costumes sont formés d'étoffes de soie enrichies de broderies d'or et d'argent, d'une grande rareté.

108 **Valk** *ex.* Anne-Marie d'Orléans, Françoise-Marie d'Orléans, M. A.-J. de Neubourg, le Roi et la Reine de Danemark, la Reine de Portugal, le Maréchal de Tallard, Duc d'Orléans, régent, Duchesse de Berry, et autres, Arlequin, Gille, Pagonde, etc. 58 p., genre Bonnart. Pourra être divisé.

109 **Wedgewood**. Bernardin de Saint-Pierre, **avant** la lettre sur chine, ép. tirage in-fol. Sup.

110 Les Illustres modernes ou tableau de la **vie** privée des principaux personnages. 100 portraits 2 vol. en un, in-fol. *Paris, Leroy*, 1788.

111 **Charlotte Corday**. in-8, par Kilsen. Rare.

112 **Lamotte** (Comtesse de Valois, madame). **Petit** portrait très-rare.

113 **Necker** en couleur, par Sergent ? Rogné.

114 **Récamier** (Madame). Petit Portrait très-rare.

115 **Ronsard**. Profil, in-4, genre Léonard Gaultier.

116 **Portraits** de cardinaux. 17 p.

117 — Suisses. 36 p., plusieurs avant la lettre.

118 — Personnages français et autres; la plupart re-margés. 56 p.

119 — Personnages anglais savants, etc. 60 p.

120 — Médecins anglais et autres. 20 p.

121 — Acteurs de Vigneron et autres. Lithog. 40 p.

122 — Aéronautes : Montgolfier, Blanchard, **Charles** et deux Ascensions. 5 p.

123 **Portraits** de Rois : Henri IV, Louis XIII, **XIV**, XV et XVI. 16 p.

124 — Rois de France, in-4. 56 p.

125 — Napoléon et sa Famille. 12 p.

126 — Généraux, Manuel et son arrestation, et **autres** personnages. Lithog. 33 p.

127 — Personnages divers. 60 p. 2 lots.

128 — Célébrités diverses : Rois, Princes, etc. **80 p.**

129 **Portraits**. Généraux de l'Empire, Savants, Médecins et autres célébrités, par A. **Tardieu**, etc. 260 p. Sera divisé.

ESTAMPES MODERNES

130 **Artiste** (Choix de pièces de l'), par Dupré, Calame, Girardet, Lemud. Marvy, Roqueplan, etc. 30 p.

131 L'Artiste. 2e série, tomes 1 et 2, en 1839. Nombre de pièces de Gavarni, Lemud, G. Sand, d'ap. Charpentier, etc. 2 vol. carton. en toile.

132 **Aubry** (Ch.). Chasses anciennes. 13 p. lithog. Superbe exemplaire en feuilles.

133 — Histoire pittoresque de l'Équitation. 28 p. Lithog. Sup. exemp. en feuilles.

134 **Bahman** (Ferd.). Saint Jean l'évangéliste, d'ap. Dominiquin. Sup. ép. in-fol.

135 **Beaugean**. Collection de bâtiments de guerre et marchands. *Paris*, 1826, texte et 24 p. oblong, carton. — La Marseillaise, avec fig. en bois, d'ap. Charlet.

136 **Bellangé**. Croquis lithog. 6 p.

137 **Caricatures** tirées du *Charivari* et autres, par Bouchot, Daumier, Pigal, Travies, etc. 67 p.

138 **Charlet**. Sujets tirés de l'histoire de Valentin, les Quilles, et autres. 13 p.

139 **Chromolithographie**. Costumes de Femmes orientales, superbes fac-simile des plus vigoureuses aquarelles. 2 p. in-fol.

140 **Daguerréotypes**. La Danse des Willis, Vues. 3 ép. des premières années.

141 **Demarteau**. Trophées ornés de fleurs. 6 p.

142 **Dupendant**. Femme de chambre du sérail, — Comme ça vous refait une femme la viande de cheval, etc. 4 caricatures coloriées.

143 **Excursions daguerriennes**. 111 planches
sur chine, avec texte par J. Janin. C. Nodier.
2 vol. oblong, reliure pleine, maroq. vert, tr.
dor.; magnifique exempl. complet.

144 — Le même ouvrage sans texte, ép. sur chine
en deux cahiers brochés. 111 planches, titres et
tables.

145 — Vues d'Italie. 79 p. gravées d'ap. le Daguer-
réotype publiées à Milan par Artaria, vol. oblong,
d.-rel., maroq. violet.

146 **Fizeau** (Procédés). Essai de gravure photogra-
phique : les Moissonneurs de Léopold Robert,
d'ap. Mercuri; très-petite pièce de la plus grande
rareté, n'ayant eu que des ép. d'essai.

147 — Réunion de 259 portraits sur une planche
in-4: Personnages historiques des règnes de
Napoléon à Louis-Philippe Ier, de la plus grande
rareté, n'ayant eu que des épreuves d'essai.

148 — Saint Sulpice, Portraits. 7 p. et 3 ép. de gra-
vures électrotypiques, 1842. En tout 10 p. de la
plus grande rareté.

149 **Forster** (F.). Le Christ d'ap. Sébastien del
Piombo. Magnifique ép. in-fol. sur chine.

150 — Les Trois Grâces, d'ap. Raphaël. Magnifique
ép. ancienne, toute marge.

151 — Les Trois Grâces, d'ap. Raphaël. Eau-forte
pure très-rare.

152 — Raphaël Sanzio. Ancienne et très-belle ép.,
toute marge.

153 **Gandolfi**. Le saint Jérôme du Corrège (c'est un des chefs-d'œuvre de la peinture), gr. in-fol. Superbe ép., toute marge.

154 **Gavarni**. Travestissements grotesques et sujets publiés dans le Charivari, 1833 et 34. Sup. ép. du journal, pièces rares. 20 p. dont 4 doubles et un Monnier.

155 — Laferrière, rôle de Georges, rare ; sujets tirés de l'Artiste, Fantaisie, Zodiaque, parfait Créancier, M. Loyal, Souvenirs du bal Chicard, les Martyrs, Carnaval, etc., etc. 66 p. Sera divisé.

156 **Girodet** (D'ap.). Enéide. Lithog. par Chatillon. 21 p.

157 **Granville**. Singeries, 2. — Règne animal, 2 p. coloriées. — Grande Croisade, 2. — Voyage de la Pensée immuable, 2. — Dessins de l'Association, 5, 6. 7, 9, 14, 16. 14 p. in-fol. et autres tirées de la Caricature et du Charivari. En tout 22 p.

158 **Haghe**. Vues de Paris, France et Étranger, lith. avec ton. 25 p.

159 **Leclere**. La Paix, la Guerre. 2 sujets de chevaux, lithog. avec ton.

160 **Lithographies**. La Madeleine, grandeur naturelle en couleur. — La Proposition de mariage. 2 p. — Chasses. 4 p. imp. avec ton, coupées.

161 — Tête de Cheval d'ap. Rosa Bonheur, Bécasse, Lièvre, avec ton. 3 p. très-belles.

162 — Les Artistes contemporains et autres, d'ap. Bonington, Charlet, Delaroche, etc. 25 p.

163 — Métamorphoses d'Arlequin. 12 p. lithog.,
1826.

164 — Vues, par Galard et autres, Portraits, etc.
52 p.

165 **Lithophotographie**. Vues de Paris, Beau-
vais, Chartres, etc. 5 p. de Lesecq, imp. de
Lemercier.

166 — Essais par Lemercier, en 1852 et 53. Le
Panthéon, Groupe de l'arc de l'Étoile, Portes
d'églises, etc. 9 p. très-rares ayant été tirées à
très-peu d'ép. et curieuses pour l'histoire.

167 **Longhi**. La Madeleine pénitente, d'ap. le Corrége. Très-belle ép., toute marge.

168 **Maile**. L'Invalide malade, d'ap. Beaume, avant
la lettre. Très-belle ép. grand in-fol., toute
marge.

169 **Martinet**. La Rêverie, d'ap. Winterhalter.

170 **Marvy** (Louis). Album des promenades à
Hyères (Var), d'ap. les dessins de Denis. 12 p.

171 **Massard**. Napoléon, médaillon, saint Paul
prêchant à Athènes, avant la lettre. 2 p.

172 **Moreau**. Adieux de Napoléon à son armée.
Manière noire d'ap. Dumoulin, grand in-fol.

173 — La même avant toute lettre, toute marge.

174 **Morghen** (Raphaël et Ant.). La Transfiguration,
d'ap. Raphaël, grand in-fol. toute marge. Sup.
ép.

175 **Muller** (F.). La Madonna di S. Sisto di Rafaello.
Sup. ép. grand in-fol., toute marge.

176 **Muller**. Enlèvement de Psyché, d'ap. Prudhon,
in-fol.

177 **Nordheim**. La Madonna di San Sisto, d'ap. Raphaël, grand in-fol. Sup. ép. sur chine.

178 **Owerbeck** (D'ap.). La Vie de Jésus avec texte, 20 p. et 2 p. de Sohn et Keller. En tout 22 p.

179 **Pavon**. Vierge, Jésus et saint Jean, d'ap. Carrache, in-fol. Belle ép.

180 **Perret** (Louis). Catacombes de Rome. Peintures murales, etc., sous la direction d'Ingres, Mérimée et autres; planches en chromolithog. et texte grand in-fol. Ouvrage complet; magnifique exempl.

181 **Petersen**. La Madonna della Sedia, d'ap. Raphaël, in-fol. Sup. ép.

182 **Photographies**. Vues de Paris et de France de Bisson, Legray, etc. 17 p. in-fol.

183 — Paysages, Compositions, Études d'après nature. 22 p.

184 — Vues, Monuments, Fleurs de Braun, etc. 21 p. sup., dont l'Habitation de l'inventeur, M. Talbot, exécutée par lui l'année de la découverte ; elle est faible.

185 Notice historique sur la vie et les ouvrages de *Prudhon*, peintre, orné de son portrait lithog. par Voiart, auteur de la notice, in-8, de 46 p. *Paris, Didot*. 1824.

186 **Prudhon**. La Famille malheureuse; charmante lithog. originale avec les retouches à la plume pour donner tout l'effet. Très-belle ép., marge, in-4.

187 — Le Jeune Garçon et le Chien. Sup. ép. lithog. originale avant la lettre sur blanc, toute marge.

188 — La même. Sup. ép. sur chine avec *Prudhon inv. et del.*

189 **Prudhon** (D'ap.). La Grotte, par Roger. Sup. ép. 1er état, avec la tablette, sous verre.

190 — Mort de Virginie de Roger, avant et avec la lettre, Abrocome, la Chasseresse, Caïn avant la lettre; la Liberté, l'Enflammer avant et avec la lettre, Choisir l'objet, Tête de jeune fille, l'Étude, par son fils. 12 p.

191 **Raffet**. Sujets militaires. 20 p. Très-belles ép.

192 **Rahl**. Sainte Madeleine dans le désert, d'ap. Corrège. Sup. ép., toute marge.

193 **Rainaldi**. Enlèvement d'Europe, d'ap. P. Véronèse. Très-belle ép. in-fol.

194 **Retsch**. Faust. 26 p. gravées au trait, in-4. *Paris, Giard*, 1830, carton.

195 **Richomme**. Sainte Famille, d'ap. Raphaël. Superbe ép., toute marge.

196 **Sluyter**. Cantabimus et Psallemus. — Christ de Forster, coupé. 2 p.

197 **Toschi**. Le Spasimo di Sicilia, d'ap. Raphaël. — La Discesa della croce, d'ap. Daniel de Volterre. 2 p. grand in-fol. Superbes ép., toute marge.

198 **Vedonto**. Sainte Famille, d'ap. N. Poussin, avant la lettre, toute marge.

199 **Vernet** (Carle) Cris de Paris. 99 p. en noir.

200 — Chiens, Chevaux, etc. 20 p. sur papier de couleur.

201 **Vernet** (D'ap. Carle). Les Incroyables, par Darcis, en couleur. — Costumes d'officiers et tambours anglais, prussien, russe, coloriés, Chevaux. 7 p.

202 **Vernet** (Horace). Son portrait, par Boilly ; sujets militaires et autres, Henriade, etc. 10 p., rehaussées de blanc.

203 .— Scènes de la Henriade, Gavarni, Raffet, 6 p.

204 **Villa Amil**. L'Espagne artistique et monumentale. 36 livraisons et texte in-fol. Lithog. avec ton ; superbe exemplaire complet.

205 **Visconti**. Iconographie grecque. 57 pièces, 1811. — Iconog. romaine. 18 p., 1817. 2 beaux vol. in-fol. demi-rel., dos et coins m. r.

206 Recueil in-fol. de 64 planches, les plus belles et intéressantes des galeries de Versailles : Ouverture des États-généraux, 18 Brumaire, Sacre de Napoléon, Bouvines, Fontenoy, Pyramides, Constantine, Galerie Aguado. 14 p. dont l'Annonciation, Murillo et Cristophe Colomb de Mercury. En tout, 78 p. Beau vol. demi-rel. maroq. bleu dans un étui.

207 — Carte de la Lune de J. Dom. Cassini, de 50 centimètres. Très-rare, encadrée.

208 Réduction de la Lune de Cassini, Carte de Beer et Madler, 1832 ; Copie agrandie de la même. Copie sur calque de celle d'Hevelius, de celle de Litrow, Épreuve daguerrienne obtenue en 1852, à l'Observatoire de Cincinnatis, divers Croquis, Détails de la Lune et ép. lithog. ; Plan de l'Observatoire, par Coquart, 1707. En tout 29 p.

209 Enlèvement de Psyché, d'ap. Prudhon ; Entrée d'Henri IV, de Pfitzer ; Vénus et l'Amour, et 2 lithog. enfantines, d'ap. Beaumont. 5 p.

209 bis. Sujets divers, Ornements, sanguine ; Portraits : Joseph et Putiphar, de Rembrandt et autres. 26 p.

210 Sujets divers anciens et lithog. titres de Musique, Têtes, d'ap. Piazetta, etc. 26 p.

VIGNETTES. ILLUSTRATIONS

211 **Illustrations**. Anacharsis. 4 p. in-8, eau-fortes pures.

212 — Boileau, Portrait et 8 vignettes, d'ap. Choquet. Superbes ép. avant la lettre, chine. 9 p.

213 — Le Lutrin, 6 p. et le Portrait d'ap. les dessins de B. Picart. 7 p.

214 — Daphnis et Chloé, d'ap. Hersent et Gérard. 5 p. avant la lettre et eau-forte, grand papier.

215 — Chansons de Laborde. 10 p. d'ap. Moreau et le Barbier.

216 — Destouches ; portrait et 12 vignettes dont 2 doubles ; en plus 5 avant la lettre dont le Philosophe marié ; rare En tout 18 p. d'ap. Lafitte.

217 — L'Éducation d'Henri IV, d'après Marillier. 6 p. et le titre.

218 — Gresset. 8 vignettes d'ap. Devéria, avant la lettre.

219 — Gresset, 5 vignettes d'ap. Moreau, avant la lettre.

220 — La Fontaine, Contes. 30 p. en bois.

221 — La Fontaine. 25 p. diverses pour les contes
en 1er état et Adonis, dont 1 p. curieuse et rare.

222 — Fables, 12 p. à l'eau-forte, par Howitt; rares.

223 — Fables d'ap. Desenne. 70 p. dont 9 d'ap. Chas-
selat.

224 — Contes, lithog. in-4, par Devéria. 31 p. chine
et blanc; suite très-rare.

225 — Louvet, Faublas, 8 vignettes de diverses édi-
tions.

226 — Métastase, 32 vignettes dont plusieurs eaux-
fortes.

227 — Racine, Portrait et vignettes d'ap. Moreau et
autres. 15 p.

228 — Regnard, Portrait, vignettes et eaux-fortes,
d'ap. Devéria et d'ap. Borel, Marillier, Moreau.
20 p. avant la lettre.

229 — Rousseau (J.-J.), 18 p. sur chine et 2 eaux-
fortes.

230 — D'ap. Gravelot, la Nouvelle Héloïse. 12 p.
rares.

231 — D'ap. Prudhon, 4 p. pour la Nouvelle Héloïse, dont le portrait.

232 — Rousseau aux pieds de Mme d'Houdetot à l'eau-
forte pure, et autres d'ap. Mendoze, Cochin, etc.
11 p.

233 — Titres d'ap. Marillier, Monnet, et vignettes
d'ap. Moreau, etc. 29 p.

234 — Nuits d'Young. 10 p. d'ap Westal, dont une
double et une d'ap. Devéria. 11 p.

235 Illustration de l'Histoire de Napoléon, d'ap.
Bellangé, Gros, H. Vernet, etc., in-8, sur chine.
9 p. y compris le portrait. Sup. ép., marges
in-4.

236 — Pour Don Quichotte. Ép. avant la lettre avec différences, chine et blanc, d'après Devéria. 15 p.

237 — Pour Paul et Virginie. Ép. d'eau-forte de Corbould. 26 p.

238 **Vignettes** d'ap. Devéria. 12 p. avant la lettre, sur chine et blanc.

239 — D'ap. Cochin, Eisen, Marillier, etc. 16 p.

240 — D'ap. Moreau, in-8 et in-4. 7 p.

241 — D'ap. Colin, Johannot, et autres anglaises, d'ap. Westall, etc. 40 p.

242 — Et sujets divers, d'ap. Bertaux, etc. 26 p.

243 Vignettes modernes d'ap. Raffet et autres. 100 p.

ÉCOLE DU XVIIIe SIÈCLE

244 **Alken's**. Sporting ideas. Inconvénients de la chasse, charges. Londres, 1830. 41 p. mauvais état, oblong, demi-rel.

245 **Anonyme**. Scènes villageoises. Manière noire. 2 p.

246 **Anonyme en couleur**. Barrière des Champs-Élysées le 1er mai 1791. Entrées libres, in-fol. Très-belle ép.

247 — Intérieur de parc avec temple, fontaine, etc., imprimé en couleur; grand in-fol.

248 **Bartolozzi**. La Sainte Famille, dite Vierge au sac, d'ap. André del Sarte, in-fol.

249 — Jupiter et Io. — L'Amour taillant son arc. 2 p. d'ap. Corrége. A la sanguine.

250 — Billets de bal et sujets divers. 25 p.

251 **Basset** (Chez). Saint Napoléon, officier romain, martyr, imagerie coloriée du temps; rare.

252 **Baudouin** (D'ap.). Le Matin, le Midi, le Soir, la Nuit. 4 p. par de Ghendt. Ép. avec marges.

253 — La Sentinelle en défaut, par Delaunay. Très-belle.

254 — L'Épouse indiscrète, par Delaunay; marge.

255 — Le Fruit de l'Amour secret, par Voyez. Superbe ép. avant toute lettre, beaucoup d'essais de pointe dans les marges.

256 — Le Modèle honnête, par Moreau le jeune et Simonet. Très-belle ép.

257 — Le Danger du tête-à-tête, par Simonet. Magnifique ép. avant toute lettre, avec des armoiries au bas, toute marge, de la plus grande fraîcheur.

258 — La même, la bordure changée, les armes effacées et remplacées par une tablette ombrée avec le titre. Superbe ép., toute marge, de la plus grande fraîcheur.

259 **Beauvarlet**. Le Jardinier. — La Fruitière. 2 belles compositions d'ap. Vanasse. Très-belles ép., marge.

260 **Bertaux**. Entrevue des deux Empereurs, batailles d'Iéna, d'Ulm, d'Austerlitz, l'Arc de Triomphe, Revue passée par le premier Consul, etc., plusieurs avant la lettre. 9 p. in-fol.

261 **Blaisot**. Le Matin, le Midi, le Soir, la Nuit. 4 sujets gracieux, de femmes nues, par Renard.

262 **Boizot**. Le Dauphin labourant en 1769, in-fol. Très-rare.

263 **Bosio** (D'ap.). Le Lever et le Coucher des ouvrières en linge. 2 p. gracieuses, coloriées.

264 **Boucher** (D'ap.). Pastorale ; jolie composition à l'eau-forte pure, avant toute lettre.

265 **Boutelou**, 1783. Jolie femme gracieuse coiffée d'un chapeau, ovale en travers en couleur, avant la lettre. Sup. ép., toute marge.

266 **Campion**. Le Jardin du Palais-Royal. — Le Palais de Justice. 2 p. rondes en couleur.

267 **Caricatures parisiennes**. Etrennes essentielles, les Etrennes perdues, les Invisibles en tête-à-tête, le Baiser perfide, Désagrément des cabriolets, Effets merveilleux des lacets. 6 p. coloriées. Rares.

268 — Mariage de M. Richelet avec Mlle Vendue, Atelier de modes, la Trenis, Furioso. 4 p. coloriées.

269 **Casenave** et autres. Réveil de Vénus et l'Amour, Vénus et les Amours, Vénus sur les eaux, Jupiter et Danaé. 4 charmantes pièces gracieuses en couleur.

270 **Challe** (D'ap.). Finissez ! Scène gracieuse par Marchand. Superbe ép. avant la lettre, belle marge.

271 **Chardin** (D'ap.). La Fontaine. Très-belle ép. par Cochin.

272 **Chardin** (D'ap.). Le Négligé, par le Bas. — La même, contre-partie, par S. D. 2 p.

273 — La Gouvernante. — La Mère laborieuse. 2 p. par Lemoine.

274 — La Mère laborieuse, par Lépicié. — La Gouvernante, répétition plus petite. 2 p.

275 — Le Jeu de l'oie. Superbe ép. avant toute lettre. Rare.

276 — La Jeune Fille au volant, par Lépicié, 1742. A Lyon, chez Gentot. Très-belle ép.

277 **Chereau** (chez). L'Impératrice Joséphine dans le costume du jour du couronnement, coloriée.

278 **Conti**. l'Été, l'Hiver, d'ap. Ferg. 2 p. belles.

279 **Duclos**. La Reine (Marie-Antoinette) annonçant à Mᵐᵉ de Bellegarde des Juges et la liberté de son mari, d'après le dessin de même grandeur, par *Desfossés*; pièce très-importante de l'époque, tous les personnages sont portraits. Très-belle épreuve avant la lettre.

280 **Durand**. New-Yorck, 1823. Musidora; jolie Baigneuse.

281 **Drevet** fils. Adam et Ève chassés, d'ap. Coypel. Très-belle ép. collée.

282 **Ecole française** d'ap. Greuze, Bouchardon, etc. 6 p.

283 **Ecole française**. Jupiter et Léda de Saint-Aubin, l'Armoire, d'après Fragonard, etc. 6 p.

284 **Eisen** (d'ap.). Vignettes in-8, pour les Contes de La Fontaine, Edition des fermiers-généraux. 17 p. avec le cadre et 53 p. sans le cadre. En tout 70 p.

285 **Engelbrecht**. Bacchus, Vénus, Mars, l'Air. 4 p. coloriées.

286 **Fragonard** (D'ap.). Vignettes in-4, pour les Contes de La Fontaine 13 p.

286 bis — Le Verre d'eau. — Le Pot au lait. 2 p. par Ponce. Belles ép. gracieuses, remargées.

287 **Greuze** (D'ap.). La Privation sensible, par Simonet. Magnifique ép. avant les lignes de dédicace, toute marge.

288 **Jeaurat,** 1728. Entrevue de Louis XIV et Philippe IV. roi d'Espagne, dans l'île des Faisans, d'après le Brun. Très-belle ép.

289 **Larmessin**. Le Fleuve Scamandre, d'ap. Boucher. Belle ép.

290 — Pâté d'Anguille, d'ap. Lancret. Très-belle ép.

291 — Le Gascon Puni, d'ap. Lancret. Très-belle ép. avec adresse de Larmessin. — La même, chez Buldet. 2 p.

292 — Le Bast, d'ap. Vleughels. Rare.

293 — Frère Luce, d'ap. Vleughels. Très-belle, toute marge, ces 5 p. font partie des Contes de La Fontaine, in-fol.

294 **Lavreince** (d'ap.). Le Contre-Temps, par *Dequevauviller*. Belle ép., marge.

295 — Le Restaurant, par Deni. Superbe ép. avant toute lettre, marge.

296 — Le Billet doux, par Delaunay. Superbe ép. avant la lettre, avec les armes, avec le petit titre dans les nuages, grande marge.

297 — L'heureux Moment, par Delaunay. Joli intérieur de boudoir.

298 Le peintre (D'ap.). La Cage symbolique. Superbe ép. avant les trois lignes de dédicace, toute marge.

299 Levasseur. Bienfaisance du Roi (Louis XVI), dédié à la Patrie, d'ap. de Barbier ; il honore Boussard que la ville de Dieppe lui présente. Belle p. in-fol. Rare.

300 Levilly. L'heureux Présage, Scène d'amans. — L'Offrande à l'Amour, en couleur. 2 p.

301 Masquelier. 1er et 2e. Vue d'Ostende. 2 p.

302 Moreau le Jeune (D'ap.). Tullie fait passer son char sur le corps de son père, par Simonet. Sup. ép., toute marge.

303 — Mariage de Louis XIV avec Mme de Maintenon ; jolie vignette in-8, avant la lettre, par Simonet, toute marge.

304 — Suite de Vignettes pour Télémaque. 13 p. avant la lettre, in-8, toute marge.

305 — Vignettes pour J.-J. Rousseau. 4 p.

306 — Les Adieux, par De Launay le Jeune, en 1777. Magnifique ép. avant la lettre, toute marge ; cette pièce est une des plus jolies et intéressantes tirée du Costume physique et moral.

307 — Serment de Louis XIV à son sacre. Très-grand in-fol. avant la lettre, doublée.

308 — Louis XVI passant la revue dans la plaine des Sablons. Eau-forte pure par Malbeste. — La même terminée avant la lettre. — Revue au Trou-d'Enfer, avant toute lettre, avec les armes, grande marge. 3 p. grand in-fol.

309 — Henri IV chez le Meunier. Eau-forte pure
avant toute lettre, toute marge. — La même,
terminée par Simonet. 2 p. superbes.

310 **Mouchet**. La Méprise. Jolie pièce gracieuse,
rare.

311 **Ornements**, par divers. Attributs, Trophées.
30 p.

312 **Oudry**. La Rancune en Brancard abattu dans
le Bourbier. Très-belle ép.

313 **Parrocel** (D'ap.). Halte des Gardes suisses.

314 **Pater** (d'ap.). Scènes du Roman comique de
Scarron. 12 p. Magnifiques ép., toute marge.

314 bis. — Les Aveux indiscrets. Sup. ép., toute
marge.

315 **Picart** (B.). La Curiosité. Deux femmes en
manière noire, d'ap. Santerre.

316 **Pièces historiques**. Assassinats d'Henri III,
d'Henri IV et autres Massacres, Louis XIII
prenant leçon d'équitation. 20 p.

316 bis. — Bataille de Lawfelt gagnée par Louis XV.
— Obélisque de Port-Vendre. 2 p. in-fol.

317 — Coligny, Vue et Prise de la Bastille, et autres.
30 p.

318 — Jugement, scènes de l'incarcération et sup-
plice de Louis XVI, etc. 10 p.

319 — Acte constitutionel de la Convention, 24 juin
1793, dans un entourage colorié.

320 — Scène dans l'intérieur de la Bastille. — Le
Jeune Desille. — Bataille d'Honschote. — Dé-
fense de Rhodes. 4 p. très-grand in-fol.

321 — Obélisques et Monument à la gloire de
Louis XVI, allégorie. 4 p. in-fol.

322 — Lafayette dans les fers Belle pièce in-fol..
anonyme.

323 — Prise de la Bastille; l'on voit l'arrestation du
gouverneur Delaunay. In-fol., chez Mondhare.

324 — Fête donnée aux Champs-Élysées. — A la
Ville. — Sur le Plan de la Bastille. —Décoration
de la statue de Henri IV. 4 sujets in-4 sur la
même planche, aquarelle sur trait.

325 — Rétablissement du culte par le 1er Consul,
gravé à l'au-forte par Dorgez, l'an XI. Très-rare.

326 — Tableaux de la Révolution, par Vinkeles.
d'ap. Bertaux. 43 p.

327 — Scènes historiques sur Napoléon, Arbre
généalogique rare, Tombeaux, etc. 12 p.

328 **Pillement** (D'ap.). Paysages, Marine, d'ap.
Vernet, etc. 7 p.

329 **Plan de Paris**, 1666, chez Jallot, 1669, en
4 feuilles, avec portrait de Louis XIV. Rare.

330 — De Jacques de Lafeuille. — De Guillaume de
L'Isle et autres environs, 1792. 3 p.

331 Plans de Douai, Dunkerque et autres, Batailles et Conquestes de Louis XIV, Cartes des
provinces de Picardie, Normandie, Provence,
cartes de France, etc. 25 p.

332 **Quevesdo** (D'ap.). Le Lever et le Coucher de
la Mariée.

333 — Le Sommeil interrompu. — Nouvelle du
bien-aimé. 2 p. gracieuses, remargées.

334 **Renou**. (D'ap.). Jupiter et Io, par Legrand.
Très-belle ép. avant la lettre.

335 **Saint-Aubin**. Frontispice in-4 pour la Jéru-
salem délivrée du Tasse. Ép. d'artiste d'ap.
Cochin.

336 **Saint-Aubin** (Aug. de). Jupiter et Léda, d'ap.
Paul Véronèse. Magnifique ép. avant la lettre,
toute marge.

337 **Simonet**. L'heureuse Nouvelle, d'ap. Aubry
(le numéro de loterie est sorti). Magnifique ép.
in-fol., toute marge.

338 **Surugue**. Don Quichotte conduit par la Folie,
d'ap. Coypel, in-fol., toute marge. Sup. ép.

339 **Vanloo**. Le Coucher, par Porporati. Ép. avant
toute lettre.

340 **Vernet** (D'ap. Joseph). Le Port d'Antibes et
autres Marines. 14 p.

341 **Winkeles**. Scènes des Tableaux de la Révolution, in-4 avant la lettre. 22 p. dont 3 de Bertaux, avec la lettre.

342 Galerie du Palais-Royal. 50 p. Belles ép., y
compris titre et frontispice, volume d.-rel.

343 Les curiosités de Paris, Versailles, Marly, Vin-
cennes, Saint-Cloud et environs, enrichi d'un
grand nombre de figures, 2 vol. Amsterdam,
1718; rel. en vélin.

344 Nouvelle Description des Châteaux et Parcs
de Versailles, Marly, etc., par Piganiol de la
Force, 3e édition, 2 vol. Paris, 1713, veau m.

345 Almanach de Goettingue pour 1803, avec
costumes et vignettes.

346 Etat Militaire de France pour 1782, par M. Roussel, 24e édition. Paris. 1782; curieux pour les noms de famille qui servaient la France à cette époque.

347 **Sujets divers**. Vignettes, Portraits, Vues, etc. 57 p.

348 Théorie Musicale de l'Ilette. — Méthode par Adam et Lachnith. — Solféges de Rodolphe, 3 vol.

349 Fac-Simile d'autographes. 16 p.

DESSINS

350 **Anonyme**. Paysages à la plume, crayon, encre et aquarelle. 12 p.

351 — Éventails, Scènes de la vie de château. 2 jolies aquarelles.

352 — Jeune Chinois, aquarelle et gouache rehaussée d'or.

353 BELLANGÉ. Homme marchant à quatre pattes. Mine de plomb.

354 BENOUVILLE. Saint Paul prêchant à Athènes. Pierre d'Italie.

355 BERGERET. Scène d'histoire. Au bistre.

356 BERGHEM. Paysage avec figures et bestiaux. Sanguine.

357 — Allégorie sur l'Amérique. Grand dessin à l'encre de Chine.

358 BOUCHARDON, etc. Médaillon et études à la sanguine. 8 p.

359 BOUCHER. Études de mains. Superbe dessin
sanguine, rehaussé de blanc.

360 — Cariatides en groupes de deux figures. A
l'encre. — Études de têtes. Crayons. 4 p.

361 — (d'ap.). Vénus nue couchée sur un canapé, et
sur un lit avec un petit Amour. 2 compositions
gracieuses Vigoureuses aquarelles.

362 — Enfants près d'un pont de bois sur un ruis-
seau, beau paysage. — Garçon jardinier. 2 dessins, crayons noir et blanc.

363 — La Sultane. — L'Aga des janissaires. 2 dessins mine de plomb.

364 CANGIAGE. Sujets religieux et autres. 4 p.

365 CARRACHE (An.). Dignitaire ecclésiastique à
genoux. Sanguine.

366 CARDUCHO et autre. 2 dessins.

367 CICERI, 1814. Joli Paysage. Aquarelle.

368 CIGNANI. Mort de Cléopâtre, gracieuse figure
de femme. Sanguine.

369 CORRÉGE. La Charité. Crayon noir.

370 — Angles de voûtes, Anges portant la Croix.
3 sanguines.

371 — Grandes têtes d'Amours, Anges. 3 dessins
crayon noir.

372 CUGNI (Léonard). Bas-relief. A la plume.

373 DAVID. Romain dans sa chaise. A l'encre de
Chine; beau dessin.

374 — Sujet de l'Histoire ancienne et d'ap. l'anti-
quité. 2 dessins au crayon.

375 DAVID (J.-L.). Vues à l'encre de Chine et croquis au crayon. 7 p.

376 E. D. (Eug. Delacroix). Étude d'un groupe de trois figures à la pierre bleue.

377 DELARIVE, 1777. Études de vieille Femme et Vieillards en pied. Au bistre. 6 très-beaux dessins.

378 DESFRICHES. Extérieur d'une Chapelle. Crayon.

379 DUCLOS (A.-J.). Tête de jeune Fille couronnée de roses, Homme, jeune Garçon. 3 sanguines signées.

380 ÉCOLE FLAMANDE. Boli, Brill, Dietch, etc. 4 p.

381 — Bloemaert, Bloomen, Bremberg et autres. 6 p.

382 — Dessins et une Photographie. 18 p.

383 ÉCOLE FRANÇAISE. Le petit Chien qui secoue de l'or et des pierreries, grand et beau dessin à l'encre, et rehaussé de blanc.

384 — Blanchard, Girardet, Lafosse, Oudry, Ozanne, Parrocel, Pierre, Verdier. 11 p.

385 — Bouchardon, Drolling, Fragonard, Greuze. 11 p.

386 — Lagrenée, Lemoine et autres. 30 p.

387 ÉCOLE ITALIENNE. Baccio Bandinelli, Campagnola et autre. 4 p.

388 — Guerchin, Polidore, etc. 24 p.

389 **Ecole moderne.** Le Bas, Picot et autres. 15 p.

390 ESSELENS. Fontaine dans un parc. Bistre.

391 FOKKE. Siége de Berg-op-Zoom, par les Français, en 1748. Beau dessin au bistre, avec la gravure. 2 p.

392 FOREST (Eug.), 1834. Famille dans la campagne.
     A la plume.

393 FRAGONARD. Intérieur de parc. **Crayons noir et
     blanc, grand dessin.**

394 — Costumes de dames assises. **2 charmants des-
     sins, crayons noir et blanc.**

395 FRANCISQUE MILLET. Beau Paysage lavé à la
     sanguine.

396 GENET (Alex.). Vues, Paysages. **9 p.**

397 GHEZZI. Figures d'hommes. 6 Charges à la
     plume.

398 GINAIN (Eug.). Canonniers à leur pièce. **Aqua-
     relle.**

399 GOUACHES. Paysage, Ruines, etc. **3 p.**

400 **GRAFF.** Scène de camp. A l'encre de Chine.

401 **GUERCHIN.** La Toilette de Vénus, Paysage et
     autres. **5 p.**

402 GUIDO RENI. Salutation angélique, Vierge ado-
     rée et autres. **3 p. Au bistre.**

403 HALS. Patineurs, Costumes du **Directoire. A
     l'encre de Chine.**

404 HEINZ. Soldat romain, vu de dos. Au bistre.

405 HOLMS. Vue de la place de Lima, aquarelle, au-
     tre Château-fort. **Crayon. 2 p.**

406 HUYSUM. Groupe de fleurs. Esquisse à la pierre
     d'Italie.

477 JOLY et autres. Deux Paysages. Bistre. — **Mou-
     lin. Mine de plomb de Rouargue. 3 p.**

408 JOSÉPIN. Belle étude académique. — **Autre ti-
     rée de la chapelle Sixtine de Michel-Ange. —
     Autre d'A. del Sarto 3 sanguines.**

409 **KOEKKOEK. Étude d'arbre rageur.**

410 LAFAGE. Jugement de Salomon. — Grand Combat de cavaliers et de piétons. 2 dessins.

411 LAFITTE. Bébé, le Lion amoureux, l'Amour et Psyché et autres. 4 médaillons. Bas-reliefs à l'encre.

412 LAFOSSE. Fontaine avec figures. Bistre.

413 — Escalier d'un Parc avec figure. Belle aquarelle. — Lutrin d'une grande richesse de sculpture. Au bistre. 2 p.

414 LÉPICIÉ. Etudes de jeunes Garçons. A la pierre d'Italie, 2 p.

415 LESUEUR. Cinq Etudes pour diverses compositions.

416 LINTON. Charges, Paysages, etc. 6 p. Plume et aquarelle.

417 LOUTHERBOURG. Halte de Voyageurs. Au bistre, riche composition.

418 MARATTE (C). Mort de Sisara. Bistre.

419 MENGS (R.). Études et Croquis, 8 p.

420 MENGS (Raphaël). Vénus. — Flore. 2 très-belles Statues. Sanguine.

421 — Dessins à la plume et encre. 3 croquis.

422 MOITTE. Bas-reliefs. Les Horaces. 2 p. à l'encre de Chine, signées 1787 et 88.

423 MOREAU le jeune. Figures lisant une inscription. Aquarelle.

424 MOUCHERON. Paysage à l'encre de Chine.

425 MURET. Singe donnant une leçon de danse à un autre singe. — Singe sculptant un buste de guenon. — Gagne-petit, celui-ci très-curieux pour la manière dont il fait arroser sa meule. 3 charmants dessins très-terminés à l'encre de chine.

426 NATTIER. Diane et ses Nymphes au bain.

427 NETSCHER. Dame et son chien. Lavé de sanguine.

428 NOORDT (D. V.), 1770. Bestiaux près de la Mé-
tairie. Charmant dessin à l'encre.

429 ORNEMENTS, genre rocaille. Aquarelle et
plume. 2 p.

430 OUDRY. Chiens, Cerfs, Sanglier, figures pour
une décoration. Sanguine.

431 PALMA. Croquis à la plume. 4 p.

432 PAPILLON et autres. 4 dessins.

433 PARMENTIER. Vertumne et Pomone, allégorie.
Minerve protégeant les arts. 2 p. à l'encre.

434 PERELLE. Vues, forteresses, etc. 5 dessins à la
plume.

435 PERIGNON. Ruines. 2 belles aquarelles.

436 PIAGGIO, 1775. Allégorie pour un plafond.
Grand dessin lavé de sanguine.

437 POLYDORE. L'Amour. Grisaille à l'huile et autres, crayon et sanguine. 3 p.

438 POELEMBOURG. Baigneuses. Joli dessin sanguine et 2 paysages à l'encre. 3 p.

439 POUSSIN. Les Apôtres. Esquisse.

440 — Bas-relief antique. Col. Deperret.

441 PRUDHOMME. Communion de saint Benoît. —
Sa réception par le Pape. 2 aquarelles.

442 PRUDHON. Vénus au bain avec l'Amour, sur
papier bleu. — L'Aurore, sur papier brun, 2 p.

443 QUAST (P.). Scènes d'Amants. 2 dessins mine
de plomb, sur vélin.

444 RAPHAEL (École de). Statue de Ville. Au bistre.

445 RIBERA. Croquis à la plume, têtes, etc. 7 p.

446 RICCI (S.). La Fortune. — Cavaliers de Riccio.
2 p.

447 ROBERT et autres. Paysages à la sanguine, 9 p.

448 ROOS. Paysage avec Bestiaux et ruines. A l'encre.

449 ROSA (Salvator). Figure dans un paysage.

450 ROWLANDSON. Charges et autres. 4 aquarelles.

451 RUBENS. Grand prêtre officiant. Crayon.

452 — Ascension, Christ au tombeau, Tête. 3 dessins.

453 SACHTLEVEN (H.). Vue en Hollande. Grand
dessin au bistre.

454 SANTO DE TITO. Naissance de Jésus. — Résur
rection. 2 beaux dessins.

455 SARTE (André del). Figures d'hommes en pied.
2 sanguines.

456 TENIERS. Joli petit Paysage avec figures. A
l'encre de Chine. — Paysan vendant la goutte.
Esquisse à l'huile, d'après lui.

457 VAGA (Perin del). Belle Etude de tête. A la
plume.

458 — Baptême de Jésus. — Académie de Véronèse. 2 p.

459 VALESINI. Intérieur d'un immense Monument
funèbre, avec offrande. Grande aquarelle.

460 VASARI. Homme avec un cheval. A l'encre.

461 WATTEAU. Paysage avec figure. Sanguine.

462 WATTIER (Edouard). — Atelier d'Étienne de
Laulne, dit Stefanus, 1520, in-8. Mine de plomb.

463 — Intérieur du Cabaret de Ramponaux, avec
son portrait au bas, in-8. Mine de plomb, lavée
de bistre.

464 — Théâtre de Nicolet vers 1760, d'après Chavanne, in-4. En bistre.

465 — Caravane d'ap. Horace Vernet, in-4. Charmant dessin au bistre rehaussé de blanc.

466 — Arrosement du Jardin des Tuileries en 1750, d'ap. Gabriel de Saint-Aubin. — Danse du Mai. 2 jolis dessins in-4. En bistre rehaussé de blanc.

467 — Poltrot tirant un coup de pistolet au duc de Guise. — Les Convulsionnaires au Cimetière de Saint-Médard. 2 dessins in-4 au bistre.

468 — Les Hiboux patineurs, charges contre les Hollandais. — Le Carême chasse les jours gras, le veau marin arrache les plumes au coq français, satire attribuée à Romain de Hooge, vers 1672? 2 dessins in-4. Au bistre.

469 — Parade, d'après la carte d'entrée pour les divertissements particuliers donnés au Roi par Mme de Pompadour sur le théâtre des petits appartements, vers la fin de 1569. — Carte d'entrée du Bal paré à Versailles pour le Mariage du Dauphin, 2 p. en bistre d'après Cochin.

470 VELASQUEZ, Figure d'Homme. Crayons noir et rouge.

471 VENEN (P. van). Plan de la Manufacture royale de draps fins de M. Canrobais, établie à Abbeville par Louis XIV, en 1665, suivant l'état où elle se trouve aujourd'hui en 1739. Grande aquarelle collée sur toile roulée.

472 VÉRONÈSE (Paul). Sujet d'Histoire. A l'encre.

473 VÉRONÈSE. Sainte Famille adorée par saint Mathieu et sainte Catherine. Esquisse rehaussée de blanc.

474 VOS (Paul de). Etudes de chiens. Aquarelle.

475 **VILDENS.** Vue de Ville. Aquarelle et Étude de paysage, de Pynaker. A l'encre, **2** p.

476 **VLIEGER.** Marine et Paysages, 3 p.

477 **WOUVERMANS.** Cavaliers faisant boire leurs chevaux. Pierre d'Italie.

478 **VREDEMAN** (Paul). Perspective d'architecture. A l'encre. De la coll. Andreossi.

479 — Paysages attribués à Robert et autres. Sanguine, crayon et encre de Chine. 10 grands dessins.

480 — Têtes d'Études d'après les Maîtres, et Études d'animaux. 30 p. Sanguine et crayon.

481 — Études, Épures et Projets. Dessins au lavis et Aquarelles de l'École centrale pendant trois années (Mécanique et Architecture). 75 p. et Mémoires manuscrits.

482 **DIVERS.** Vues diverses d'Angleterre. 44 croquis.

483 — Compositions italiennes. Croquis et Paysages. 9 p.

484 **DIVERSES ÉCOLES.** Vues, Compositions, Paysages, etc. 22 p.

485 — Crayon, Sanguine et Lavis. 38 p. Anonymes.

486 — Portefeuille avec toile. 3 p.

Renou et Maulde, imprimeurs de la Compagnie des Commissaires-Priseurs, rue de Rivoli, 144.

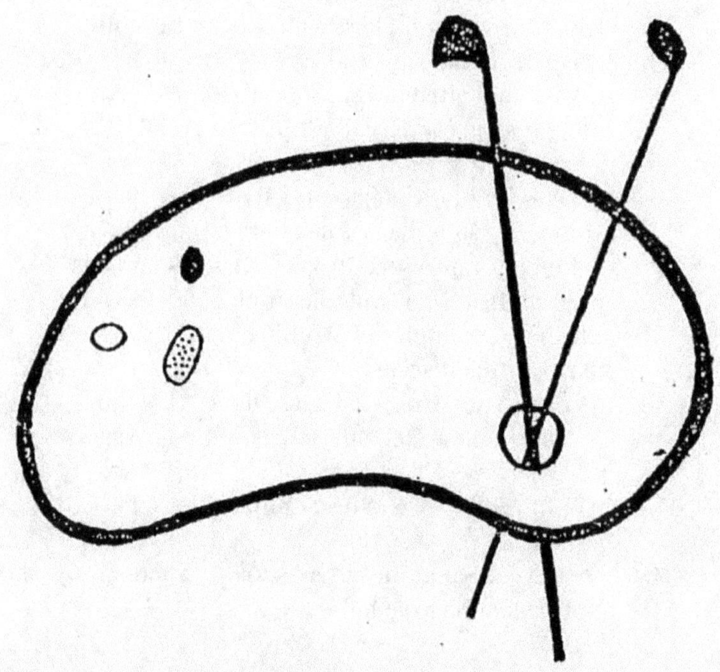

DEBUT D'UNE SERIE DE DOCUMENTS
EN COULEUR

PORTRAITS EN BISTRE

Collections de Portraits inédits ou rares de Personnages célèbres

REPRODUITS NOUVELLEMENT PAR LA GRAVURE

Publiés par VIGNÈRES, Md d'Estampes

Rue de la Monnaie, 13, à l'entresol, entrée rue Baillet, 1.

—••◦◦>◦(◦◦◦◦—

ALBANY (Louise-Max. de Stolberg, comtesse d').	Gravée par Varin.
AMOROS, colonel, fondateur de la gymnastique en France.	id.
ARGOUT (Antoine-Maurice-Apollinaire, comte d').	J. Porreau.
BABEUF (F.-N.-Gracchus), journaliste.	id.
BARÈRE (Bertrand), de Vieuzac, conventionnel.	id.
BEAUHARNAIS (comtesse Stéphanie de), poëte, romancière.	Sisco.
BERRUYER, général, commandant des Invalides.	J. Porreau.
BERTRAND LE MOLLEVILLE, marquis, ministre, littérateur.	id.
BIÈVRE (marquis de), célèbre auteur de calembours.	id.
BLANCHARD (Madeleine-Sophie-ARMAND, Madame), aéronaute.	id
BONJOUR (Casimir), auteur dramatique.	id.
BORGHÈSE (Camille-Philippe-Louis), prince.	id.
BOSSUT (Charles), mathématicien.	id.
BRAZIER (Nicolas), auteur dramatique, d'après Marlet.	id.
BRISSOT (J.-P.), de Varville, conventionnel.	id.
CANCLAUX (J.-B. Camille, comte de), général, pair.	id.
CAYLA (comtesse de), née Talon, d'après le baron Gérard.	Massard.
CLOUET dit JANET, (François), peintre de portraits.	J. Porreau.
COCHON, comte de l'APPARENT, conventionnel, ministre.	id.
DEBUREAU, acteur des Funambules, Pierrot.	id.
DE FERMONT (comte), député, conseiller d'État.	id.
DEVIENNE, actrice, Théâtre-Français.	Normand.
DONADIEU, baron, général de division.	J. Porreau.
DORAT-CUBIÈRES-PALMEZEAUX, poëte, auteur dramatique.	id.
DROZ (Joseph), littérateur, académicien.	id.
DUCHESNE aîné, conservateur du cabinet des estampes.	id.
DUCOS (Roger), avocat, constituant, 3e consul provisoire.	id.
ÉLIE DE BEAUMONT, avocat au Parlement de Paris.	Devritz.
EMPIS (Adolphe), auteur dramatique.	J. Porreau.
EPAGNY (d'), poëte dramatique.	id.
FABRE DE L'AUDE (comte), député, pair, littérateur.	id.
FIEVÉE (J.), littérateur, auteur dramatique.	id.
FRÉRON (Louis-Stanislas), conventionnel.	id.
FROCHOT, comte, préfet, député.	id.
GARNERIN (A.-J.), inventeur du parachute.	id.
GARNERIN (Élisa), aéronaute.	id.
GAUDIN, duc de Gaëte, ministre des finances.	id.
GENLIS (A. Brulard, comte de), cap. des gardes, conventionnel.	id.
GEOFFROY (J.-L.), critique, journaliste.	id.
GODOI (don Manuel), prince de la Paix.	Varin.
GOUFFÉ (Armand), chansonnier, vaudevilliste.	J. Porreau.
GUIMARD (Mademoiselle), danseuse.	id.

JOUFFROY (Théodore-Simon), professeur, académicien   J. Porreau.
JOUSSELIN DE LASALLE, homme de lettres.   id.
KANT (Emmanuel), philosophe allemand.   Bracquemond.
LACALPRENÈDE (Gauthier de Costes, seign. de), romancier.   Varin.
LAINÉ (J.-H., vicomte), ministre et académicien.   J. Porreau.
LAMBALLE (princesse de), dessinée d'après nature par Gabriel.   id.
LASOURCE (M.-David-Albin de), député du Tarn.   id.
LAVALLIÈRE (L.-F. de la Baume, duchesse de).   id.
LENORMAND (Mademoiselle), nécromancienne.   id.
LUCOTTE (Edme-Aimé), lieut.-général, comte, né à Dijon.   id.
MARAT, à la tribune, dessiné d'après nature par Gabriel.   id.
MARTIN (Louis-Aimé), littérateur.   id.
MAUREPAS (J.-Fréd. Phélypeaux, comte de), ministre.   Varin.
MAZÈRES (Édouard), auteur dramatique.   J. Porreau.
MESMER, auteur du magnétisme animal.   id.
MÉZERAI, actrice, Théâtre-Français.   Normand.
ORLÉANS, duc de Montpensier (Ant.-Philippe d'), 1775-1807.   J. Porreau.
PERSUIS (L. Loiseau de), musicien, d'après Pierre Guérin.   id.
PETIET (Claude), député, ministre de la guerre.   id.
PHILIDOR (André-Danican), musicien, auteur du jeu d'échecs.   id.
PILON (Germain), sculpteur, 1550.   id.
PIXERÉCOURT (Guilbert de), fac-simile, d'après J. Boilly, in-4.   id.
PONGERVILLE (Samson de), académicien.   id.
PONTUS DE LA GARDIE, général en Suède.   id.
RAMEL-NOGARET, ministre des finances, préfet.   id.
RÉCAMIER (Madame), d'ap. Cosway.   id.
REVEILLÈRE-LEPAUX, botaniste, théophilanthrope.   id.
ROBERT-LINDET, député, conventionnel, ministre.   id.
ROMME (Gilbert), conventionnel.   id.
ROUGET DE L'ISLE, auteur de *la Marseillaise*, musicien.   Varin.
SAINT-HURUGE (marquis de).   J. Porreau.
SAINT-PRIX, acteur, Comédie-Française.   id.
SAINT-SIMON (Claude-H., comte de), philosophe.   Perrot.
SILVAIN MARÉCHAL, poëte et littérateur.   Devritz.
TALLIEN (Madame), née Cabarus, d'après le baron Gérard.   Massard.
TREILHARD (J.-B., comte), député, ministre, etc.   J. Porreau.
TRONSON DU COUDRAY, avocat, du Conseil des Anciens.   id.
VADIER (A.), député aux États-Généraux.   id.
VATOUT (J.), poëte, académicien, bibliothécaire.   Varin.
VIGÉE (L.-G.-B.-E.), poëte et auteur dramatique.   J. Porreau.
WESTERMANN, général, d'ap. le Physionotrace.   id.
CARTOUCHE (Louis-Dominique), fameux voleur.   Lallemand.
MANDRIN (Louis), fameux contrebandier.   Delaistre.

Chaque portrait pouvant entrer dans un in-8° est tiré in-4°.
Avec la lettre, papier blanc, 1 fr.; papier de Chine, 1 fr. 25 c.
Avant la lettre, papier blanc, 1 fr. 50 c.; papier de Chine, 2 fr.
Dont il n'est tiré que 20 épreuves blanc et 5 Chine.

Afin de faciliter les recherches des Amateurs de portraits, soit pour les illustrations, soit pour les collections d'autographes ou autres, *deux Catalogues détaillés* de quelques collections de portraits qui peuvent se trouver chez moi, classés par ordre alphabétique, seront remis aux personnes qui en feront la demande affranchie.

RENOU et MAULDE, imprimeurs de la Compagnie des Commissaires-Priseurs, rue de Rivoli, 144.   13923

RED. :

17

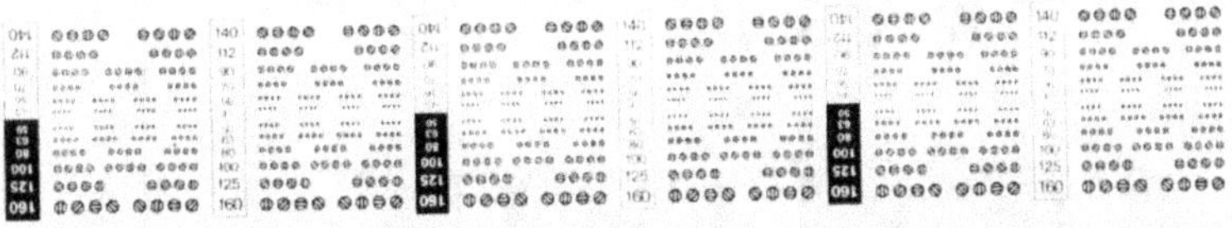

BIBLIOTHEQUE NATIONALE DE FRANCE

****

CHATEAU DE SABLE 1995